LE GARÇON SORCIÈRE

MOLLY KNOX

LE GAR
SORC

OSTERTAG

ON
ÈRE

Texte français d'Isabelle Allard

SCHOLASTIC

Grand-mère

Kieran

Jasmine

Aubépine

Tohor

Noisette

Tilleul

Brome

Passiflore

Genièvre

Aster

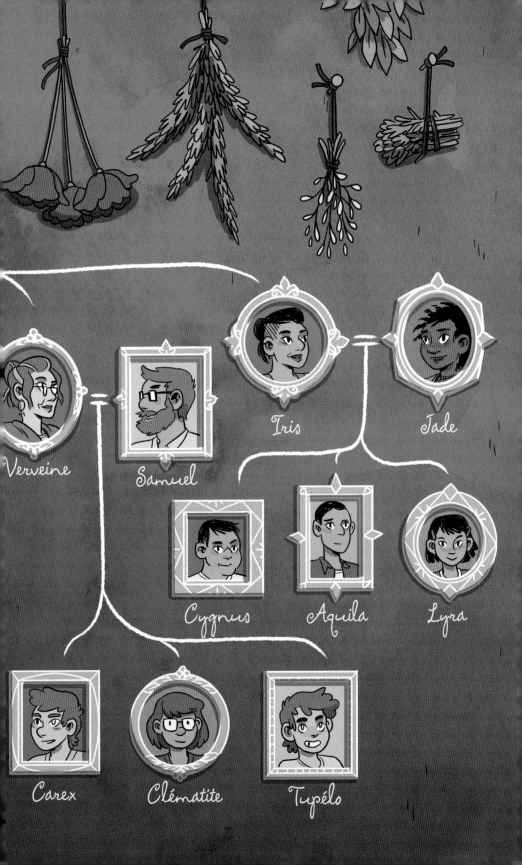

Verveine

Samuel

Iris

Jade

Cygnus

Aquila

Lyra

Carex

Clématite

Tupélo

Je dédie ce livre au camp d'été Wayfinder, au nord
de l'État de New York, où j'ai découvert la magie.

Catalogage avant publication de Bibliothèque et Archives Canada

Ostertag, Molly
[Witch boy. Français]
Le garçon sorcière / Molly Knox Ostertag, auteure et illustratrice ;
texte français d'Isabelle Allard.

Traduction de: The witch boy.
ISBN 978-1-4431-6880-9 (couverture souple)

1. Romans graphiques. I. Titre. II. Titre: Witch boy. Français.

PZ23.7.O88Gar 2018   j741.5'973   C2018-900603-X

Édition publiée par les Éditions Scholastic,
604, rue King Ouest, Toronto (Ontario) M5V 1E1

5 4 3 2 1   Imprimé en Chine 38   18 19 20 21 22

Lettrage et mise en couleurs : Molly Knox Ostertag
Mise en couleurs additionnelle : Niki Smith, Barbara Geoghegan et Shannon Murphy
Conception graphique : Molly Knox Ostertag et Phil Falco
Directeur de la création : David Saylor

Aster!

ZING

HA   HA   HA   HA
                        HA

Ce cours n'est pas pour toi... Les filles apprennent des secrets!

Mais je veux...

Va-t'en!

HA HA HA HA HA HA HA HA

Aster, qu'y a-t-il, mon garçon?

Aster, la sorcellerie n'est pas pour toi.

Combien de fois dois-je te l'expliquer?

Mais je veux l'apprendre!

Les hommes et les femmes portent en eux différents types de magie. Les sorcières transmettent leur savoir de mère en fille. Cela fonctionne ainsi depuis toujours, mon fils.

Bientôt, toi aussi, tu découvriras ton pouvoir de métamorphe, ainsi que ta capacité à voir les démons et à les combattre.

Tu deviendras un homme.

Je ne veux pas me métamorphoser...

Savais-tu que grand-mère avait un frère?

Il était son jumeau.

Mikasi.

Grand-mère est sage et calme. Elle l'a toujours été, alors que son frère n'avait ni patience, ni sagesse.

Il voulait ce qu'il ne pouvait pas avoir : la magie de sa sœur.

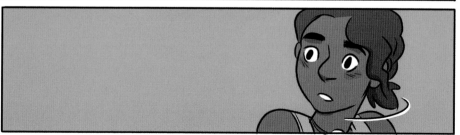

Il l'épiait et négligeait ses propres apprentissages.

Même si elle essayait de garder ses secrets, il a réussi à lui dérober des sorts.

Ces sorts ont empoisonné sa magie et il a perdu le contrôle.

Des gens ont été blessés et la maison endommagée. Par la suite, il ne se métamorphosait plus qu'en bêtes féroces qu'il ne pouvait pas maîtriser.

Pourquoi Carex a-t-il invité Aster? Il est nul...

Bon, séparons-nous et attaquons la colline de deux directions.

Aquila sera sûrement leur vigie et peut déjà se transformer. Attention, il sera probablement un oiseau...

Pourquoi décides-tu pour nous? Quelqu'un qui se métamorphose devrait choisir la stratégie!

À cause de mon charme, voyons!

Et j'aime élaborer des plans!

N'es-tu pas censée m'interdire de faire ça?

Si tu veux t'essayer à la sorcellerie, au moins, fais-le bien.

Lequel es-tu, déjà?

Aster, grand-mère.

Sois prudent, mon garçon.

Des rêves d'*animaux*, Aster.

Les esprits des animaux te visiteront en rêve pour voir si tu es prêt à recevoir leurs dons.

J'ai rêvé d'abeilles, il y a quelques semaines.

Mais je venais de travailler aux ruches, alors...

Tu es revenu pour aider Aster à se préparer pour la Révélation?

En effet.

Cette fois, tu découvriras ta première forme, je le sens!

Tu as trouvé ta forme dès ton premier essai.

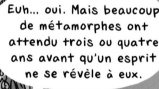

Euh... oui. Mais beaucoup de métamorphes ont attendu trois ou quatre ans avant qu'un esprit ne se révèle à eux.

Je n'ai rien fait!

Je peux en avoir?

Je m'appelle Charlotte. Enfin Charlie.

S'il te plaît, ne raconte à personne ce que tu as vu. Avec les fruits...

Qu'as-tu fait, au juste?

Tu ne vas pas à l'école de Sterling, hein? Je t'aurais reconnu.

Non, je... euh...

Je vais à... une autre école.

Qu'est-il arrivé à ta jambe?

...

Tu es bizarre.

Je sais.

Ne t'en fais pas.

Tu n'es pas si bizarre que ça.

Sauf que tu te ferais remarquer à mon école!

Tu as parlé à un buisson et as fait pousser des mûres...

C'est, euh... bizarre!

Mais je te promets de ne le dire à personne.

Pas à mes pères, ni aux élèves de mon école, ni à personne de ton école pas-fausse-du-tout.

Merci.

Je dois y aller. À plus tard, garçon aux baies.

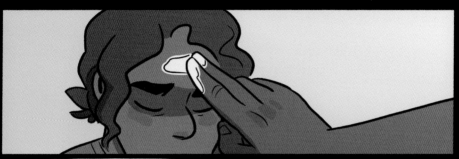

Seuls les esprits bienveillants peuvent franchir les limites de notre territoire.

Cette nuit est particulière. Des démons attendent au-delà des frontières.

Soyez prudents, fils.

Il n'y a aucune trace de lui, aucune piste. Il a dû être enlevé.

C'est une mauvaise nuit pour les démons.

J'ai toujours trouvé risqué de choisir cette nuit pour la Révélation.

Et tu dis le nom de la personne.

Ah-ah!

Et?

Mais tu n'es pas censé savoir ces choses-là.

Tu devrais aller te coucher.

C'est privé. Nous sommes ici pour que les sorcières ne puissent pas nous épier.

Il a traversé la frontière.

C'est exact, Tupélo.

Nous sommes protégés, ici. C'est un lieu pour apprendre en sécurité.

Mais au-delà des menhirs, des démons et des esprits perdus errent à l'affût des humains. Même si la plupart des gens ignorent leur vraie nature.

Vous ne vivrez pas dans cette maison pour toujours. Rappelez-vous que même si elles sont rares, des créatures veulent vous tuer ou pire encore.

Voilà pourquoi il est vital d'apprendre à vous battre. C'est pour cela que nous parlons aux esprits animaux.

Vous devez être forts, car votre rôle sera de protéger les humains et les sorcières contre ces monstres.

Les sorcières ne peuvent pas se protéger elles-mêmes?

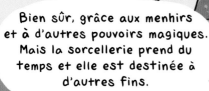

Bien sûr, grâce aux menhirs et à d'autres pouvoirs magiques. Mais la sorcellerie prend du temps et elle est destinée à d'autres fins.

Pour ce qui est du combat, de la lutte de la vie contre la mort... c'est là que nous intervenons.

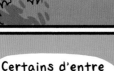

Certains d'entre vous ont-ils vu des esprits animaux, hier soir?

Oui, Aquila?

Un vieux blaireau est venu me voir et voulait se battre, alors...

... c'était un oiseau, du moins un animal à plumes, qui m'a dit...

... quand je l'ai attrapé, il m'a confié les secrets des cimes des arbres et a dit que je prendrai sa forme!

floc
floc

BOMP

CLANG

Pfff!

Mon nom est Aster.

Je sais.

Je te cherchais.

Ah bon?

BANG

Voyons!

Es-tu censée jouer assise?

Non, le génie! Essaie donc!

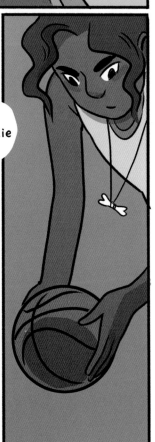

wouch!

Wow, laisse tomber!

Pourquoi voulais-tu me voir?

C'est que...

Je ne peux parler à personne chez moi.

Je voudrais... les aider... mais tout le monde me trouve étrange.

Je suis doué pour une chose, mais c'est une activité de filles.

Je ne suis pas doué pour les trucs de garçons et je...

veux les aider.

Je te comprends.

Cette année, à l'école, ils ont annulé les équipes mixtes. Les gars font *beaucoup* plus de sport que les filles.

Ils séparent les activités de gars et de filles, à ton école?

Pas toutes. Mais les sports, oui. Et c'est ce que j'aime vraiment.

Il y a toujours la balle molle, mais de toute façon...

je ne pourrais sûrement pas jouer cette année.

BOMP

Peux-tu garder un secret?

Croix de bois, croix de fer, si je mens je serai mangée par les vers!

Euh, ouais.

As-tu un bol?

En argent?

?

Je vois une lune, alors ça pourrait fonctionner.

J'ai entendu maman dire que ça dépend plus de l'intention que des détails...

Je vais essayer d'évoquer ma mère. Tu vas l'aimer.

Maman. Aubépine.

Comment
as-tu fait?

C'est ta
maison?

Elle est
spéciale!

Holà! C'est...

Hé!

C'est... de la
sorcellerie?

Tu n'es
pas censé
en faire?

C'est un truc
de filles.

Mais...
j'aime ça. Je ne
peux pas m'en
empêcher.

Que peux-tu faire d'autre?

Je ne connais pas beaucoup de sortilèges. Ils sont secrets. Mais je peux...

Eh bien, tu m'as vu faire pousser des fruits.

Je peux faire de la divination, allumer des bougies. Mais ça ne réussit pas toujours.

Je peux créer un cercle de silence. Je m'en sers souvent pour lire.

Et je peux réparer ce qui est cassé.

Comme les os?

Non,
je veux dire...
Des bois ou des
objets brisés.

Pourrais-tu...
Je peux te payer ou te
donner quelque chose...

Pourrais-tu guérir
ma jambe?

Le docteur dit que
c'est une mauvaise
fracture et que
ma jambe mettra
beaucoup de temps à
guérir. Si elle guérit
complètement...

Avez-vous
vu Aster?

Je ne peux pas m'occuper de ta jambe maintenant.

Je risquerais d'empirer le problème.

Mais je vais trouver comment et je reviendrai. C'est promis.

D'accord.

Hé, Aster! Ta sorcellerie...

je trouve ça génial!

Elle traverse nos frontières et nous échappe à chaque tournant.

Si c'est un esprit animal, quelle est sa motivation?

Ça pourrait être un démon que nous n'avons jamais vu auparavant.

Il faut rester sur nos gardes.

Nous devons trouver comment ce monstre nous attaque et où il garde nos garçons.

Je refuse de croire... qu'ils ne sont pas vivants.

Les enfants, si vous voyez quelque chose qui vous semble étrange, n'importe quoi... prévenez-nous.

Mes filles, vous avez toutes entendu des histoires de sorcières d'autrefois, qui combattaient des clans rivaux et des esprits malins.

Nous avons la chance de vivre dans un lieu et à une époque où la paix règne entre les sorcières, et où les esprits malins sont moins belliqueux qu'avant.

Mais je ne peux pas promettre que vous n'aurez pas à vous battre... surtout avec le démon qui semble cibler notre famille.

Vous devez donc connaître les armes familiales, transmises de mère en fille depuis des temps immémoriaux.

Nous en avons quatre.

Elles canalisent et amplifient notre volonté, et peuvent accomplir diverses tâches en fonction de nos désirs.

Par exemple, si vous lancez...

les six pierres, elles prédiront l'avenir.

Ce sont des canaux pour votre concentration. Maintenant, le manche de dague...

Pierres avenir

Excuse-moi, Iris?

Oui?

On dirait qu'il manque une arme?

Il reste de l'espace pour une cinquième.

L'épée a été volée avant ta naissance, mon enfant, par le traître Mikasi.

Il voulait l'utiliser pour obtenir des pouvoirs contre nature. Étant un homme, elle n'a pu que le blesser ou refuser de le servir.

La dague, bien que moins puissante que l'épée, a des propriétés uniques...

Est-ce...?

Il les épie encore. C'est tellement bizarre.

84

Euh, oui?

Où étais-tu hier soir...

quand Aquila et Tupélo ont disparu?

Ta mère t'a cherché pendant des heures.

Je me promenais, je vous l'ai dit.

Ah ouais? Seul ou avec eux?

Quand Carex a été enlevé, tu étais là.

Oui! Tu es le seul à l'avoir vu.

On dit juste que tu es bizarre.

Tu n'écoutes pas durant les cours... quand tu es là. Et tu fouines partout.

Que voulez-vous dire?

Je... je ne fouine pas!

T'es-tu déjà métamorphosé?

Non, et pourtant, tu es plus vieux que Brome!

hi hi

Laisse-moi tranquille, Tilleul.

Donc, tu as fini par comprendre comment faire?

Allons, Aster, montre-nous.

Deviens un animal féroce.

Comme ceci!

Avoue, Aster!

Tu as fait quelque chose à Carex, Tupélo et Aquila?

Laissez-moi tranquille, les gars...

Qu'est-ce que c'est?

grrr

TCHAC

BAM

Nous savons que quelque chose a corrompu Carex.

D'après ce que je peux voir, il est toujours *lui-même*. Le recours à son nom est efficace et...

je vais l'observer avec ma pierre de visibilité demain...

Il a été transformé dans la pire forme possible.

Réfléchis, Iris.
Des kidnappeurs?

Des voleurs
d'enfants?

chut

Je ne peux pas courir le risque que tu racontes tout.

Maman, est-ce que...

Plus tard, Aster.

Je le sais, Iris, mais mieux vaut nous préparer.

Ce cercle est si puissant que lorsque nous saurons qui est cette créature, elle sera piégée dès qu'elle s'en approchera.

Il nous faut juste son nom...

Hé! C'est Carex!

Il parle!

De quoi te souviens-tu, mon chéri?

C'est flou, comme... la fois où j'avais de la fièvre.

Tout est mélangé.

Une caverne? M'avez-vous trouvé dans une caverne?

Non, mais...

Sa voix est enfin partie. Il me parlait sans cesse...

Il disait qu'il me donnerait une forme puissante.
Je pensais que ça faisait partie de la cérémonie.

Sa magie me blessait, mais me rendait fort. Il m'a obligé...

Il a dit des méchancetés sur les sorcières. Sur vous toutes!

Et quand je n'ai pas pu me retransformer, il a dit que j'étais trop faible.

Que la seule chose qui me rendrait fort...

serait... de tuer...

Je suis désolé...

Je pourrais rester dans ma famille, qui pensera que je n'ai aucun pouvoir magique...

Que je suis un raté qui ne peut pas se métamorphoser.

Si je ne fais plus de sorcellerie, le problème s'en ira peut-être...

Ou bien...

Je pourrais m'enfuir? Mais aucune famille magique ne m'accueillerait.

Et je devrais quand même cacher ma magie aux... gens comme toi.

Eh bien...

Alors serait-ce si insensé de laisser cette créature me montrer comment me métamorphoser?

Si je revenais chez moi en étant capable de pratiquer enfin la magie que tout le monde attend de moi...

je crois que mes parents se ficheraient que j'aie appris auprès d'un monstre.

Mais tu as dit que tu guérirais ma jambe.

140

141

Cinq mètres...
Heureusement que j'avais un casque! Sauf que j'ai atterri sur ma jambe.

C'est horrible. Mais pourquoi...

Tu as tenté une chose que tu ne devais pas faire et tu t'es blessée.

Qu'essaies-tu de me dire?

La vérité.

J'ai mis ces garçons au défi parce que je voulais sauter, moi aussi.

C'était le truc le plus génial que j'aie jamais fait. Même si je me suis blessée, je le referais.

Ça va briller longtemps?

Oh, euh... Un certain temps. Jusqu'à ce que la magie ait terminé son action.

Tu ne dois pas marcher, en attendant.

Aster! Que vont dire mes pères?

Je ne sais pas. Je dois y aller.

Je ne peux plus sortir après le coucher du soleil.

Oh, mes pères voulaient t'inviter à souper. Il y a du pain de viande!

Désolé.

J'espère que ta jambe va bien guérir!

Je peux passer te voir plus tard? Si elle est guérie?

J'ai une idée.

Euh... D'accord, mais personne ne doit te voir.

Prends le chemin de terre au bout de ta rue et suis-le sur environ huit cents mètres. Tu devrais apercevoir la lumière de ma maison sur la gauche.

Sois discrète, quelqu'un risque de patrouiller.

Tu ne vas pas appeler ce monstre, hein?

Tu as raison.
Ce serait
idiot.

Tu es doué
pour la sorcellerie,
Aster.

Tu ne devrais pas être ici. Je vais me faire punir si...

Aster! Regarde ma jambe!

J'ai couru jusqu'ici!

Mais tu as un moyen de l'atteindre.

Et tu as l'avantage de la surprise. Grâce à ta *sorcellerie*.

Je ne connais pas de sortilège assez puissant pour lui nuire.

Tu m'as parlé de vos armes. Essayons d'en obtenir une.

Surpris, hein? Je vais rester ici, et si ça tourne mal, je dirai tout à ta famille.

Aucune magie ne m'en empêche, moi.

Et ensuite, que dois-je faire?

Sauver tes cousins, bien sûr!

GRR
CLAC

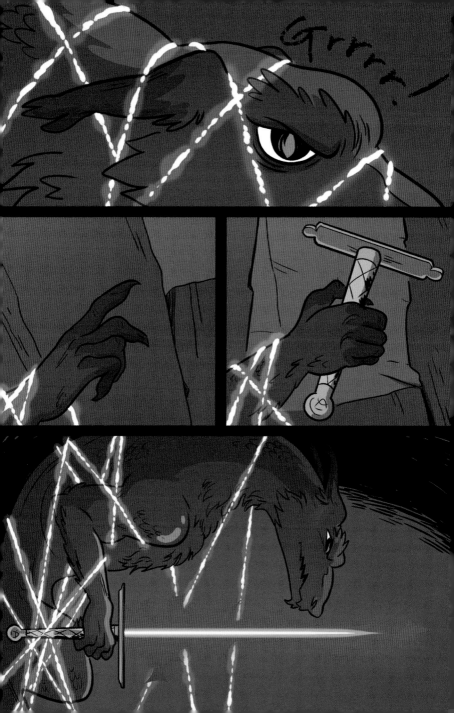

Pourvu que ça marche! Ramène-nous à la maison!

SHLING

Scraouuu!

CLANG

Mikasi n'a jamais pu changer de forme comme les autres garçons.

Il me suivait et me suppliait de lui révéler des incantations.

Pour être honnête, la sorcellerie n'était pas évidente pour moi non plus, à l'époque.

J'étais fière des paroles magiques que j'apprenais.

Je les ai gardées secrètes, même quand mon frère m'a demandé en pleurant de les lui enseigner.

OH!

AH!

Je possède un peu des deux, la sorcellerie et la métamorphose. J'ai gardé ce secret durant des années.

Je l'ai toujours su. De la même manière que toi, Aubépine, tu as la certitude d'être une sorcière.

Alors...

Écoute ton fils quand il te dit qu'il est né pour la sorcellerie.

Je regrette chaque jour ce que nous avons fait à Mikasi. Le problème ne venait pas de sa magie, mais de notre refus de la lui enseigner.

Ne fais pas la même chose à Aster.

Aster. Je... je ne comprends pas.

J'essaie de vous en parler depuis longtemps.

Je t'aime, peu importe ce que tu es, Aster.

Nous trouverons une solution tous ensemble.

Quand je l'ai vu...

Il est comme moi. J'aurais pu devenir comme lui.

Mais ce n'est pas arrivé.

Toi? Tu es trop gentil!

Peut-être...

Si tu étudies la sorcellerie, tu seras très occupé, hein?

Tu n'auras probablement plus le temps de venir me voir.

La raison qui nous empêche d'être amis est la même qui m'empêchait d'être un garçon sorcière.

C'est pourtant ce que je suis, et tu es mon amie.

Je ne peux pas être comme ma mère ou mon père. Et je ne veux pas devenir comme Mikasi.

Alors, je dois juste être moi-même.

Et je veux être ton ami.

Qui ne le voudrait pas?

J'ai illustré plusieurs bandes dessinées, mais ce livre est le premier dont je signe le texte. Il est donc précieux à mes yeux.

J'aimerais remercier ma mère, mon père et toute ma famille de m'avoir encouragée à poursuivre mes intérêts et des objectifs inhabituels. Je sens votre amour chaque jour et j'espère que vous sentez le mien.

Je remercie également mes amis : ceux du camp d'été, de l'école d'arts, des congrès de bande dessinée, de l'animation et d'Internet. Votre talent m'a poussée à redoubler d'efforts et votre gentillesse a fait de moi une meilleure personne.

Je suis reconnaissante à mon agente, Jen Linnan, une femme chaleureuse et intelligente qui m'a accompagnée à chaque étape de cette aventure.

Merci à mon éditrice, Amanda Maciel, et à mon directeur artistique, Phil Falco, dont l'expertise et les conseils m'ont aidée à mener ce livre à terme.

J'ai créé ce livre au cours d'une année marquée par plusieurs changements, et ma conjointe a été près de moi à chaque moment. Elle a cru en moi quand je perdais confiance. Merci, Noelle. Je t'aime et j'aime le foyer que nous avons créé ensemble.

Aster, comme les autres enfants de la famille, porte des vêtements usagés et des amulettes fabriquées par sa mère. Sa couleur préférée est le violet et il n'aime pas se faire couper les cheveux.

Même quand Charlie a une jambe dans le plâtre, elle aime s'habiller comme si elle allait jouer au basketball ou au baseball. Au début de la conception de ce livre, elle n'avait pas la jambe cassée. Voilà pourquoi il existe un dessin d'elle sans plâtre.

Voici une esquisse d'Aster, quand je pensais qu'il serait plus âgé. Par contre, j'ai toujours su qu'il aimait trouver des endroits isolés pour lire son manuel de sortilèges.

Aubépine est une sorcière idéale. Elle est puissante, belle et gentille. Je voulais que sa représentation reflète tous ces aspects.

Comme Aubépine, Tohor est un exemple parfait de métamorphe. Il sait toujours comment se comporter, aime sa famille et est proche de la nature.

J'avais plusieurs esquisses pour Mikasi, mais j'ai finalement décidé de le dessiner comme une espèce de monstre dragon. Il a utilisé la magie tant de fois pour se forcer à se transformer qu'il est devenu un mélange de différents animaux : une tête de crocodile, un corps de coyote et des mains humaines.

MOLLY KNOX OSTERTAG

a grandi dans les forêts du nord de l'État de New York, où elle a passé la première moitié de son enfance à lire des aventures fantastiques, et la deuxième moitié à les revivre avec des épées de mousse et un groupe de jeux de rôles. En 2014, elle a obtenu son diplôme de l'école d'arts visuels, où elle a étudié l'illustration et la bande dessinée. Elle vit maintenant à Los Angeles, en Californie. *Le garçon sorcière* est sa première bande dessinée en tant qu'auteure-illustratrice.